一壶月光

周炎中 著

长江出版传媒 ｜ 长江文艺出版社

蘸着月光写心曲

叶延滨

诗人周炎中是深圳的一名公务员。深圳是中国改革开放的前沿，也是出诗人的地方。早些年是一批从内地"下海"去深圳的诗人，如徐敬亚、王小妮、唐成茂等。后来从深圳的打工一族中冒出来一批诗人，多是在底层流水线上打拼的年轻人，他们写出了深圳精神，如蒋志武、郭金牛等。近些年更多的白领阶层、精英人士也以作品成为诗人群体中引人注目的成员，他们有的是老板，有的是高管，有的是公务员。这些诗人的出现，让深圳诗坛呈现了非常完整的生态。多少年来，深圳有一个打拼和挣钱的城市形象，随着深圳建设的深化，现代科技、现代管理以及现代生活方式，让诗意栖居在这个叫作深圳的城市。

《一壶月光》是公务员身份的周炎中的内心世界的展示，这些作品让我感受到，一个投身特区建设半辈子的中年人内心的自信和真诚。一个爱诗的公务员内心更丰富，也更懂得人生。作为政府公务员，他是现代社会的管理者，头脑里装着法律、政策、规定和各种报告、请示、批复，这是一个庞大的系统，这个系统要求以下的素质：讲规矩，明是非，懂进退，有分寸，守底线。这些是在这个体系生存需要的智力和胆识。而诗歌所开拓的另一个智力体系：追梦想，有情义，觅知音，真性情。这些素质让人能在世俗生活中保持内心的纯粹，在流水线和网格管理的世界里坚持心灵的自由。要让这两个体系在一个人的内心共处，并且能无障碍地互相转换，是不容易的事情。因此，当我读到《一壶月光》的时候，我对诗人周炎中有一种发自内心的敬意，我也希望读到这本诗集的朋友，不要用诗坛时尚新潮的诗人们的作品来苛求这些直写内心的诗作。用心读心，就能从这些诗篇中读懂一个当代深圳人的内心，看到诗人心底的那片月色，并且也让这片月色照进自己的心田——我想这就是我写这篇序言所希望达到的目的：了解诗人，理解诗人，从而分享诗人内心的那份温暖。

进入诗人内心的导航篇，是这首写荆棘鸟的诗："这个鸟很多人不知道/甚至没听过/可能你见过/可能飞向或躲过猎人枪口/有的被囚禁在笼中/等待着屠刀/它会笑傲屠刀/不怕屠刀//它并不盲目追求/澎湃的血液不是一时冲动/为明确的理想目标而奋斗//它叫荆棘鸟/离开温暖的巢穴/就有一个美好的向往/抛开一切毫不犹豫地/飞向荆棘丛中最高的树枝上/让那根刺深深地刺入自己的胸膛/唱出一生中最为凄楚而动听的歌/这就是它的梦想"。诗人笔下的荆棘鸟是生长在南美的美丽小鸟，它又是传说中的一种奇鸟，一生都在荆棘中寻找，找到中意的那根荆棘，便会将刺穿透身体，并唱出一生只唱一次的最动人的歌。诗人写这传说中的鸟，写出其对自由、理想、美好的追求，渴望用生命换取凄美的歌声。重要的是诗人这首诗的题目是"不如鸟"。"不如"是自省，是内心的渴望，也是对自己的鞭策：不忘对自由的向往，不忘对理想的追求，不忘对美好事物的寻觅，像荆棘鸟一样一生寻梦。这就是诗人周炎中的内心独白，这也是诗人在世俗生活中坚守诗歌写作的初心。在写作的时候，诗人进入了这样的状态："坐在门槛上/暂未落尽的夕阳/烤红一座山、一条河/烤熟我的记忆/烤到我坐在父亲的肩膀上/唱起了童谣"。这首《回忆》写出了诗人写作时的心境，夕阳之下，门槛之上，唱起童谣。创作诗歌的过程也是诗人的归乡之旅，在那些写诗的日子里，诗人回归童心，回归自然，也回归亲情。

正是这样的写作初心，诗人周炎中在艺术上追求一种天然去雕饰的境界。他的诗歌有感而发，真情驱使动笔，以真心打动读者，像花儿的香气一样，在无声无息中让人沉醉："白云远去/晚霞而来//渐渐变浓的身影/最后浓缩到看不见//桂花浓郁/扶门浅醉/使人忘记了季节//轻轻地吻着风/月光捧着我的脸/今夜多么美"。这首短诗共十行，四层段落，由远而近，从广角到细部，层层递进，简洁生动，如淡彩素描，创造出了《花香》的境界。这首诗显露了诗人对传统诗歌艺术有较高的领悟，也有深厚的文学功底。同时也让读者在阅读中离开喧嚣的日常世俗生活，沉浸在宁静高雅的意境之中。这种高雅安详的诗意境界，显示了诗人内心的纯粹明澈。这样的创作，对诗人是灵魂的瑜伽，是一种修炼；对读者是感染，是精神的分享："瘦弱的月光/兴奋了荷塘/柳发在微风中飘荡//煽情的蝴蝶/梳理翅膀的语言/触摸着你的心房//故乡的良宵倒映在湖面/铁骨的残荷饱酥着墨香//风唱出每一句/震撼了水泽波动/一只白鹤掠过/清澈的故事多么悠长/一阵阵的雨催我返航"。这首

《残荷》，是一幅泼墨的荷花图，诗人将内心的波澜，融于笔端，画出月下的荷塘，映照诗人内心的风光，召唤读者与诗人同行，一起在风雨之中归乡。

精神归乡，这是一代中国人的心灵之旅。改革开放让许多中国人离开了世代生活的乡村，进入城市。现代城市就是一个契约社会，金钱与权力让每个人都在硬邦邦的条文中生存，充满亲情和血缘联系的乡村是他们灵魂的家园。这是一代中国人的命运，身体进入了城市，而梦境还是童年的村庄。回归与归乡，也是世代中国人的宿命：我们哪里来，又要到哪里去？正像诗人在《清明》中所写："静静地坐在山腰/与蚂蚁对话/每年的三月/借一缕纸香/话头瘦得令人心疼/眼眶里清润的水/打湿了故事情节/每一阵风走过/草儿弯腰掩盖不住伤疤/熙熙攘攘的思念在长跑"。清明是中国人心灵归乡的节日，用以追念先人，知道自己的根在哪里。清明也是无数诗人吟叹的主题，周炎中的这首《清明》简洁明快而又含蓄深沉，是首叫人过目不忘的好诗。与此同时，这种归乡之旅对于诗人只能是精神上的远望，那个叫作家园的乡村再也回不去了，我说过这是断臂之痛，同时又是嫁接之苦，正如诗人在《回不去的天空》中写道的："缓缓流淌的琴江/穿过了我的胸膛/村外的山路/抬眼望着隐秘的心事//忽明忽暗的轮廓/昭示我再次回来/却不见渴望的云彩/疲倦的黄昏/十分失落/丁香的愁结已经变老//天边飘下纯正的山歌/风中有一种特有母性的气息/撑着最后一片暮色/回家"。这是诗人的苦恋，也是诗人的顿悟，精神归乡与无法归去来兮的矛盾，不要将之看作是一般意义上的乡土诗情结，它是这个时代的痛。写出这个时代之痛，恰恰显示了诗人的高明与聪慧。

高明的诗人拥有梦想和精神家园，聪慧的诗人更能与现实达成共处的默契。现实的不完美，使诗人感受到痛苦和困惑。然而不完美的现实也会教会诗人看到希望和远方。周炎中是一个有梦想的诗人，也是一个能面对现实的诗人，现实投射在他的诗中，也充满魅力并对读者产生冲击力，如"旧改"这个十分具有新闻性的主题，诗人的处理值得琢磨："敲门派单/讨价还价红脸黑脸/最终握手言欢//咔咔，轰隆/旧楼倒下/风数着灰尘里散发出的/曾经走街串巷的脚步//捡起一块残缺的砖土/好像还在叙述……//嘟嘟的汽车声装满了渣土/连同我的记忆/一车又一车地被运走"。旧房改造是城市里最难的痛点，去旧革新如同一台手术。诗人将这一敏感现象用最剪辑的画面，叠加复印，记录了这个时代的一个重要场景，并留下诗的证言。说到这里我要再一次说，爱诗的人会使自己内心更充实更自信并且更丰富，因为写诗也是一种修炼，写诗犹如精神瑜伽。诗人周炎中在《茶道》这首诗内向读者表明了诗茶一味，写诗也是悟道修禅，修生活禅，悟日月道："茶的禅意/没有钟声/不用诵读经文/轻轻地端起/缓缓地放下/香雾袅袅/已将闲愁摁倒/菩提心在壶里/流淌出般若/浸染了甘醇与苦涩/因果的轮回/是采摘一次/完成一次修行/简单便是顿悟/心若莲花便有舍利子/还有什么不可以"。饮茶如此，写诗亦如此，无论在这个世界上做什么，无论富贵贫贱，最后身在江湖，心安何处？能心安者，何处不是天堂？

深圳是中国现代化的前沿，四十年过去了，造就了一代深圳人。读周炎中的诗作，我能感受到他的努力与成功、他的失落与困惑。他的诗作最早是写给自己看的，他要自己看懂自己。我们也在读他诗作的时候，分享他的喜悦和他对人生的领悟。这就是真诗人写真诗，以真性情在诗歌中找到自我，也以真性情在读者中找到知音。因此，这是诗人与读者的《约定》："步履轻盈/听到了/花开的声音//不会迷路的呼唤/五百年的约定/敞开了心扉/飞吧，翅膀/五百年不长/让你静静地聆听//锋芒似火/在烈火中苏醒/喜欢这样/只有这样/眸子才会点亮繁星//携带着光芒/奔驰在路上//卸下包袱的脚步/清风阵阵/传来悦耳的风铃/那是你/敲开我心灵之门……"是的，那是诗人，正用诗句敲开心灵之门。愿诗人能在今后写出更多更好的作品，也希望周炎中的诗歌走进更多读者的心灵。

　　是为序。

2020 年冬于北京

（叶延滨，现任中国作家协会诗歌委员会主任。）

目　录

不如鸟

这个鸟很多人不知道
甚至没听过
可能你见过
可能飞向或躲过猎人枪口
有的被囚禁在笼中
等待着屠刀
它会笑傲屠刀
不怕屠刀

它并不盲目追求
澎湃的血液不是一时冲动
为明确的理想目标而奋斗

它叫荆棘鸟
离开温暖的巢穴
就有一个美好的向往
抛开一切毫不犹豫地
飞向荆棘丛中最高的树枝上
让那根刺深深地刺入自己的胸膛
唱出一生中最为凄楚而动听的歌
这就是它的梦想

等　你

有一天
外面的世界碎了
我的世界不能碎

假如真的碎了
会一块一块
小心翼翼拼起

用温柔
用有限的体温
唤醒你的沉睡

春天就要到来
携手努力
感受真实的阳光存在
一起向阳而生
让时光静待花开

断 章

蒙蔽人的视野
雾霾中再添泥土
毒药里裹上蜜糖
高喊着啊

迷乱的心志
变成混凝土
凝固了良知
岁月是把杀猪刀
变换了容颜
杀不死被利益占据

混沌的世界
生存的法则在那里
在演戏
一套套秩序
一道道程序
操纵裹挟中
使人无力抗拒
硬要受伤地承认
要么是倒霉

要么是咎由自取

无奈啊！
想到走散的人
想到所有不幸的人
都是咎由自取
但他们是这世上
手里没有刀的人
虽然手里有刀的人不多
可踩着人爬上去
上去还是踩着人
被人垫脚的人卡在夹缝
苟延残喘着

是的
错的不是垫脚石
是在高处
踢打下面人的人
沦陷区域还在漫延
又高高地将屠刀举起
谁会知道
下一刀会砍向谁
听天由命吧
反正是手上没刀的人

一声春雷

黎明之光照耀大地

走散的人

追随着光芒返回

两面三刀的那些人

已垂下双手

已无力挥动屠刀

已无力破坏规矩

搞破坏的工具被锁进笼子里

告别了阴冷

惠风日丽

激情的闸门缓缓地打开

灿烂的笑容爬上眼底

为命运共同体高歌一曲

人民至上谋福祉

高瞻远瞩驱强敌

从容应对百年未有的大变局

岁月的成熟

送走了过去

鲜明的苦酒与甘霖

曾经一路逆袭

攥紧拳头面对红旗

昂起头朝向东方

撸起了袖子
闻鸡起舞，只争朝夕
飞奔在康庄大道上
诉说着生命的无限可能

如 歌

古铜色的手
证明岁月来过

老了时光
锻造了平和

将冲动抹去
把宽厚挂上额头
鬓发不再给脑门添愁

相　约

紧张的手
牵着你在电影院
忽暗忽明的银幕
有点慌乱
高矮不一的人头
模糊了我的视线
你在看戏里的主角
我一直在看你
你在戏里看故事
我的故事是你

追　随

你是月亮
我是星星
你是黑夜
我化作烛光
你是猎人
我是站在树枝上的鸟
开枪吧
子弹打断了双脚
却没打落我的心
为什么
子弹不穿过胸膛
我的愿望

天刚亮

鱼肚白
与薄月缠绵
黑夜的尽头
与黎明相见
早睡的鸟
不喜欢打更的鸡
站在梁上拍拍腰
飞来飞去
在看磨刀的人

笔

用一滴墨

占领一张纸

画个月亮

星星眨着羞怯的眼睛

写一首诗

占领了心

在你面前跳动

总是那么声情并茂

诉说着人生悲喜

一页规划未来

一页总结过去

花　香

白云远去
晚霞而来

渐渐变浓的身影
最后浓缩到看不见

桂花浓郁
扶门浅醉
使人忘记了季节

轻轻地吻着风
月光捧着我的脸
今夜多么美

不会游泳的鱼

与风不期而遇
优雅地飘落在水里
去看溺水的鱼
头顶着下沉的月
沉下去的月托起你
鱼的心事埋在水里
月亮的心事藏在我心里
月，挂在枝头伤心
鱼，游入浅滩愁眉
我蜷缩在风中
流浪猫无忧无虑

树　下

心隐入群山
化作蜜蜂
嗡嗡声中透出斑斓

漫延的风犹思着月光
是否同体温一样温暖

梨花飘落
宛如蝴蝶在空中曼舞
敞开心扉的手
对视落花的双眼

思　念

一

不用思念
微风吹过你的气息
已停留在心海
不用思念
花蕊慢慢地开

虚掩的心扉
悄悄地打开
沐浴在阳光下
洗刷斑驳的黄叶
绽开细腻细嫩的枝
如果我的一生
只能做一件事
就读你一辈子
当温柔淹没了我的世界
在失眠时
才承认是思念

二

在梦里喊你
吵醒灰灰暗暗的月亮
星星微眯着眼睛

我使劲地掰开双眼
苦笑，摇头
怕梦依旧延续

蜷缩在千丝万缕里
度过微凉静美的夜幕

异乡人

穿着黑色衣服的乌鸦
看见白鸽
认为是外星球的物种

面向太阳

我是一个流浪者
扶着竹竿
在人群里来来回回

颤抖的手捧着种子
在旷野中撒下一粒
犹如种下自己

万丈光芒
剪下一片揉进心里
面向东方
仿佛穿上一身春意

啄破冬天
成为万花丛中一点绿
读懂了爱
再无过程与结局

回　忆

坐在门槛上
暂未落尽的夕阳
烤红一座山、一条河
烤熟我的记忆
烤到我坐在父亲的肩膀上
唱起了童谣

时光老了

天空失态
伞在听哭泣
面对离去的季节
我的眼里没有雨

悲愤的雷声
留在泥泞的路上
多情的风在
埋怨

一切拒之门外
阅读翻新的温馨

既然被伞遮住
就不属于你的风景
也不再属于我
照片上流逝的岁月

名　字

一

石头
有身份，有名字
站在那里特别稳重
神气十足
父亲指着它
要牢记石头上的名字

它与生活在这里的人
不惧风霜雪雨
沐浴阳光无数
有了它的名字
你可以浪迹天涯

纵横纹路刻录这块土地
石头慢慢长了老年斑
见证了祖祖辈辈
打扮着这块土地的人

二

小小的嘴巴爱哭
三五岁前基本不穿衣服
雨淋日晒得黑不溜秋

哪个年代
烟囱难以果腹
饥饿的手指
打乱鸟的天空
围困鱼的天堂
门缝里眼巴巴望着
父母倔强的脚步

坚韧被人间冷暖造就
不屈的性格
像石头
在村里
他的名字就叫石头

被　骗

心在散步
碰不到你

遇见
流星与月光

以往的路
伤了脚趾
惆怅的灯在等

同我一样
心恰似万马奔腾
怀抱着活着的路

春　夜

月光下
羞涩的杨柳摆动着秀发
荡漾着三月

多情的春风
吹红了朝霞
闪烁着蓬勃的光辉
燃烧青石板上的夜雨

裹着高阳
在空旷的天空下
竖起耳朵紧贴着风
风里有我的名字

憧 憬

我已入睡
心在穿行

身影被月光划分

剧情里
分不出季节
宇宙
忽远忽近

鸡鸣收割了
心神俱醉
真不愿意松开
沾满早春三月的手

白天与黑夜

瘦下来的日头
将沉重交给黑夜
是在赦免自己
慵懒的黑色隐去
是在减轻自己

白天看不尽
夜里想不完
慷慨的时光
不能让你回到童年

袅袅炊烟环绕着
锅碗瓢盆
碗里盛着白天黑夜
无法抖落一肥一瘦
最好的途径唯有
勤字当头

春　意

轻盈的春风

握住我的手

喊来了一片彩云

二月带着剪刀的燕子飞来

剪得桃红满枝

想象自己是一只

流浪的蜜蜂坠入花海

用最美好的记忆留存

染了一身的春色

岁　月

时光是锯子
截掉了粗糙
留下了精致
磨掉了牙齿
坚固了心志
染白了头发
点燃火红的心

五十五岁

大地的风暴纵容着日月挥霍
沉醉在一场又一场的风风雨雨
演绎了多少饱满的欲望与放弃

残喘的风轻轻地揉着我的肩
满腹经纶的岁月被涂得斑驳陆离
风化了多少曲直是非

夕阳像风烛残年的老人
在一缕炊烟里折叠了多少层足迹
饮尽了人间的爱恨与别离

回　忆

空旷的心
被蜂的喧嚣
填满了回忆

提着灯笼的萤火虫
点燃了童谣
摇曳的纸鸢
是我们的世界

往事如昔
回忆没有任何距离

音　符

夕阳灌醉了河塘
风在吟唱

失眠的月光
寂寞地挂在树梢上

翻滚的心在穿越
身怀绝技的誓言
与忙碌的眼光飞翔

燃烧的音符隐隐作痛
低沉的音律隐隐哀伤
撬开黑夜的缝隙
清醒地知道
渐渐张开的光将我折叠
昨夜那首曲并不是你想唱

残　荷

瘦弱的月光
兴奋了荷塘
柳发在微风中飘荡

煽情的蝴蝶
梳理翅膀的语言
触摸着你的心房

故乡的良宵倒映在湖面
铁骨的残荷饱酥着墨香

风唱出每一句
震撼了水泽波动
一只白鹤掠过
清澈的故事多么悠长
一阵阵的雨催我返航

放牛仔

浪荡自由的风
喊醒了桃枝染红了一江春水
弯弯的山路储存着记忆
老黄牛牵上腼腆的少年
眯上眼睛吹响那支长笛
历历在目的山间轶事
在匆匆年华里演绎着古朴纯真
长笛的声音，一闪的初心
驰骋的岁月打开了心中的宁静
一幕幕风景被一场场雨溅湿
宽容的大山留下牛背上的故事
还有挣扎得沙沙作响的树林

奇　幻

有一壶夜色
什么也不想
静待月光把身子拖长

牵挂的夜幕
不要裂缝
关闭阳光

尽管冗长一路跌宕
就这样
孕育的心事
把夜色穿上
像野马一样
不再重复尽不相同的忧伤

江湖闸口

江湖若海

荆棘丛生
傲骨无助
怎奈鬓发渐白

黑与白
是与非
不停地碰撞
浮浮沉沉
心不知方向

清脆的声音
留下浅笑一声

落红桃花

心跳似飞奔的烈马
燃烧着季节

风煮着三月
拦不住相约的桃花

撩人的季节凝结
有谁洞悉梦在盛情中发芽

山峦的幸福收起漫卷的春光
敏感的枝头开始陈化
刚露出毛茸茸的乳房
又令人陶醉在夏日的荷香

酒　壶

让我万分兴奋
让我头脑发热

不用顾忌，倒吧！斟满吧！
有毒吗？液体熊熊似火

在我欢腾之中少不了你
多一份激情与猎奇
虽然有时会有点丑陋
却去掉矫情露出了真性

在我寂寞之时离不开你
抛开了所有孤独
爱不释手，欲罢不休
有一种妙曼的感觉腾云驾雾

在我痛苦之时更需要你
是良药一服
暂且放下了一切
忘掉了伤痛与忧虑

我愿意在有毒时得到永生

我愿意在烈火中得到升华

我愿意在你的激情中燃烧

我愿意跳进深渊才不管天堂与地狱

醉了，所有的事物也醉了

鹊桥会

——观莲花山相亲有感

风穿行在天河
金石声披上迷雾

焦虑的锦书藏在胸口
瘦瘦的心
牵着一片月光

不敢埋怨月老
生怕错失良辰

一浪高过一浪的银河
荡漾出玫瑰
莲花山下的喜鹊
忐忑不安

日 子

风穿过我的日子
怜悯的树叶瑟瑟发抖
宛如在见证

喜欢夜色
拒绝多余的光线
熙熙攘攘的心
就这样看着
我一头扎入炊烟

夏　夜

夜莺的一夜情话
塞满了树的耳朵
泛滥的旧事在心里
令人心神俱醉

沾满花韵的风走过
有些委婉与羞涩
眼睛里收藏着的有红，有绿
厚厚地在心里堆积
那人、那景

旷远的风
走过了千山万水
携带着固执
与浓浓的思念
在月光下，被蛙声刺破

冬　天

树露出了锁骨
雪趴在窗上
狠心的风还在吆喝

值得怜悯的河
骨瘦嶙峋肋骨尽露

穿着高跟鞋的鸟
迈着欢乐的脚步
在冷漠的光线下
不紧不慢地一片一遍地缝补

坚韧地活着

脸上的纹路与流离的季节
滋养着不敢沉睡的小道篱墙
陪伴着熟悉的泥土
烘焙着未来的日子

天空的泪水
直接插进季节的毛孔
和阳光一起爬上枝头
弯曲的问号
依然不知道下一个路口

脚步时刻紧贴
苏醒的清晨
固执的犁铧用尽一生
在奔波与疲惫中
与日渐衰老的牙齿洗去岁月的浮躁

五味俱全

粗糙的手在
未尽的三月撒下种子
用老土的方言在
祈祷中裹挟着欲望

顽强的渴望支配着情绪
蹲在地里任老风新雨敲打
缥缈的季节中摇曳着
七拼八凑的口了

游行在昼夜的殿堂
眼腺在流水
因为有放不下、回不去的牵挂
宛如一片枯黄的孤叶等待落下

生　活

走在泥泞的路上
日子变成子弹飞了过来
燃起了熊熊烈火

时间已把刀磨好
在神秘的峡谷中上演一场
为明天积蓄力量挣扎

我是一株草
注定在万般风景中
年复一年地
将汗水融入泥土
不知疲倦地
品尽人间烟火

撑起内心的天地
翻山越岭走出荆棘丛林
坚贞如铁
为黎明而拼搏

在黑夜中唱歌

火种催促着匆匆的脚步

唤起装满春天的心

诠释真实的生活

码　头

海面粼粼波光
涛声绵延不绝
靠岸是诚，离航是信

码头送走
春、夏、秋、冬
与过客
一生歌咏着海水

瞭望着大海
大海愤懑，海风粗糙
风中仿若撒满了盐

前方一望无际
后面曲折的波浪叠加
还是包容了船只穿梭的脚印
运送着人间烟火

可　以

纸是笔的世界
吐出莲花万朵
长出泰坦魔芋

可以让艳阳高挂
可以让月亮惆怅
可以让冬日炎炎
可以让夏日冰凉

可以山穷水尽
可以富裕隆昌
可以铺满欢喜
可以刺骨忧伤

可以添上几分思念
可以散发一层迷惘
可以让人昙花一现
可以让人四海名扬

可以点字成兵

一排排驰骋沙场

笔啊！有无限的力量

乡 愁

鸭子在河里洗着白云
淡雅一纸的天空
黄鹂叼着树枝飞过

父亲抽着旱烟
眯眼看牛牵着牧童

随风曼舞的细柳
犹如一帖草书
石桥下婉约的流水
洗好画完一幅画的犁耙

夏　夜

跌宕的风
随着夏雨浇湿的热浪
行走在鼻尖上

拥有誓言的手
拾起了黑夜的萧索
挣脱了紧锁的日子

一阵恍惚
正在偷窥的月光
被人间烟火擦伤

夜　曲

静静想
那个人的念

入梦
是一种幸福

你说三月
她说六月
待花开

承诺的季节
记得你要来

夜甜
蛙鸣
荷塘月皱

萤火虫
叩开远方
燃烧着体温

心扉跨过月色
手指绕开青涩
把莲拥抱

荡　漾

草已生锈
心骨瘦如柴

奔忙的梦
已被风刺穿

月光清冷
祷告赦免风的罪过
其实已倾尽了一生

夜孤独
怨愤的流星划出一条跑道
火金姑的炽热将天空挂满①

---

　　①　火金姑：闽南方言，指萤火虫。

失血的鱼

海在膨胀
金丝包裹着诱饵
与问候的形式
演绎一场游戏
以九十度的鞠躬
构成凝望的角度

颤抖的浪花
如滴水观音开花
充满美誉的寓意
掩盖住茎内携带的毒液
将慈眉善眼悬挂

风急浪高
后浪扑向前浪
并不是为了久别重逢

辞　典

滚烫的手
腌制着日子
岁月的皱纹越陷越深

稚嫩的肌肉
搏击着膨胀的欲火
多少柔情又有多少痴情
在生活的沼池里
被染成烟火的颜色

陈旧的风雨在肩上积淀
打磨过的心装下了悲欢离合

柴米油盐的锤炼
已把名利的弯曲捋直
安身立命的秘诀
就是心安理得

灯　前

满耳钟声
我双掌合十
静默祈祷
只想，清洗痕迹

清风
一阵又一阵
嗡嗡余韵的钟声
一波未平一波又起
在剥开
一层又一层
包裹罪孽的外衣

直到
赤身裸体
飞过血河
停留奈河桥
一碗孟婆汤将名字溶化

溶化并不是彻底结束
生生不息在六道之间

所以，不管何时
都在听闻持念经文

端　午

云把积累的怨恨
化作倾盆大雨
奔向汨罗江

填满了江水
哗啦啦地吟唱着《离骚》
屋檐如注的雨滴化作《九歌》

空中飞扬的雨丝带着《九章》
缕缕不肯离去
浸湿了斑驳的岁月
洗净了记忆中的忧伤

极目雾霭锁江
新梦旧怨渐渐生长
突然传来鼓声
在平仄的韵律中晶莹透亮

灯前（二）

诚恳地站你的面前
为我的心止了血
濛濛的娑婆世界
深邃的语言修复了伤痕

经净瓶柳枝的清洗　我
在腐朽中重生

平和的钟声
朝夕张开双臂
飘逸着永不熄灭的爱

伫立纷繁的尘世
细细聆听清高的音节
漫漫飘来淡淡的幽香

恋一份简单，守一份自律
便是放生……

日 子

岁月发冷发热
随意将我撂倒

头顶笼罩着无奈将四周包围
我将翅膀隐藏在阴暗的世界
挣扎着
梦至今不知天高地厚地闪烁
野蛮的时光在无尽的曲折中
蜕变着
捡起了记忆莫名其妙地酸痛
在疼痛中感受到了真实的疼
还活着
活着没有唯一的尺码和标准
浑然不知诞生了兴奋的季节
收获着
月光揉碎了日夜流淌的溪流
采菊扎篱可以托付一生的愁
攒下的烙印点缀着万木荣枯
轮回着

旧　改

敲门派单
讨价还价
红脸黑脸
最终握手言欢

咔咔，轰隆
旧楼倒下
风数着灰尘里散发出的
曾经走街串巷的脚步

捡起一块残缺的砖土
好像还在叙述……

嘟嘟的汽车声装满了渣土
连同我的记忆
一车又一车地被运走

庸 俗

闲逛的风走过竹林

叶子窸窸窣窣
凝视我在路上独行
动荡的心渗透出庸俗
庸俗得无法与灵肉分离

坠入庸俗的世界
欲望跟随如浪的尘世
暗自盘算着凝固的心思

既然如此
允许我抛开一切
疯狂地奔向庸俗
让庸俗将我腐蚀

五花八门

在城市住了很久很久
很久很久没见过袅袅炊烟
越来越强的陌生感油然而生

伫立窗前
看高楼矗立、车水马龙
繁华中挤爆了五湖四海的人
穿梭的人五花八门
声音嘈杂也是五花八门
逐鹿的技能也是五花八门
在五花八门中我被挤出了中轴线
刺耳的汽车喇叭嘀嘀嘟嘟
越来越觉得孤单

门缝里爬入不规则的光亮
隐约映射出泥砖瓦房
光线变成山村小路是我的记忆

喇叭的章节变成一串串脚步
仿佛是奶奶的炉灶在呼吸
炊烟袅袅荡漾出幸福

满身皱褶的烟火藏匿瓦片上的岁月
分辨着每一次相聚与分离

隐隐听见鸡鸣狗吠
往日握手，怕落下相思
今日握手，想不起称呼
是我在变，还是那一缕炊烟
打开五花八门

恐惧症

目击无家可归的风
游荡在夜里

跟着风
走着，走着
掉进了黑洞

高呼，有人吗
摸摸胸口
瞬间，感受到彻骨的冷

战栗的手捧着寒夜
仿佛心脏停止跳动
死亡的树叶一片片
连同我一起落下
变成墓地还在尔虞我诈

如　果

真的有轮回
我将罪孽撕碎
绝不与今生雷同

可以重来
将痴心放下
将汗水与泪水吹干
心不再忐忑不安

不找借口
将清冷的月光当作日子
剥掉包裹着骨头的皮囊
将弯弯曲曲的路走完
从此不再孤单

平仄与新韵

沐浴风雨的灵魂

阅读三月的春风

一簇簇花红艳丽

点一卷唐诗宋词

同布谷鸟一路奔跑

睿智的新韵带着方圆大气

衣袂飘飘撕扯着古代文豪

一样的相思不用平仄对仗

信手拈来的风情更为浓烈

自由的吟唱乃一母同胞

敢断言，卞之琳的《断章》

成为千古绝唱

如若不信且读余光中的《乡愁》

减去平仄字字触骨惆怅

清　明

静静地坐在山腰
与蚂蚁对话
每年的三月
借一缕纸香
话头瘦得令人心疼
眼眶里清润的水
打湿了故事情节
每一阵风走过
草儿弯腰掩盖不住伤疤
熙熙攘攘的思念在长跑

布　艺

同行
白水
开水
想着掠夺
想着给予
压根理不清

生存
无非满足口腹之欲
从远古的捕食、打猎、耕种
到如今的信息时代
目的是养活自己
他的行为，你的作为
只是手法不一
互不扯下遮羞布而已

孤　单

烟火嘈杂
漆黑细长的触须伸向了天堂
流浪的思念飘浮在天堂之外

铃声摇响骆驼的脖子
每一阵风带上几分幽幽冥火
色彩幻化成不败的花
招摇迷路的梦想在徘徊

日落前的云像个菩萨
在我的面前把白的说成黑
红的说成蓝
铺天盖地的声音把你囚禁
将所有的心包扎成块
壅阻中不知谁在呐喊
我要突围

游　子

岁月赞助
矮屋长出老年斑
颤颤巍巍地站在村的一角

挣脱怀抱
站在墙外显得特别孤独
时不时在分拣心中的包裹

靠着窗户
斗笠穿蓑衣的片段
洗不掉十指沾满温香的泥土

想入非非

鱼戏弄着水
水摆弄着鱼
网的瞳孔
水中来来回回

无眠的今夜
不知不觉幻想
鱼会飞

寻梦少年恰似一条鱼
只有 7 秒钟的记忆
以破网之势掀起
一圈圈扩大的波澜
渗透你的眉
荡漾出暖融融的激情
我是一条鱼

剪 辑

乱飞的雪总在花开以前
冷漠阻挠不了大地的发育

饱受烈日摧残的影子
慢慢开始倾斜
薄得纸一样贴在路上
从后面移动到前面
分不清正脸与背影

越来越矮的天越来越重
光线缓缓减弱直至消失

炉子上的温热
让泯灭的激情点燃
一盏灯切换了场景
烟火如水
在平淡中收敛了生活

壮 阔

喜鹊用 4/4 的节奏
歌颂正在发芽的大地
随着节拍从枝干里
看到荣归的季节

绿色的手臂在风中挥动
经过严寒酷雨收获了丰腴
那就追根寻源在更高更远的地方
从辽阔的大地走上广阔的天空
热恋着大海

春的抒情
东方之根理所当然
与命运绑在一起
脉搏的弹跳与圆梦相连
攥紧铁拳初心永不褪色

重　生

鸟儿在雨中戏水
草尖上的虫等待着重生

我在做梦
梦见行走在刀刃上
不知什么时候
铺天盖地下起了雪
却感受不到一丝的寒冷

季节捆绑住天空
融化的雪撑不住岁月
一匹马驮着岁月

充满倦意的夕阳
倘若可以触摸
无言的时光多留一分向往

另一层意思

知了喊了一天
终于安静下来
夜不入眠的鹰
坐在枯燥瘦枝上

今夜变成老鼠
极力地躲避忽明忽暗的光线

偶然会和有皱褶的心事
去造访刚被雨水洗净的阵地
似乎又还没想好
如何去阻挡无法捕捉的游戏

蜷缩在墙角
投下一团落寞的影子
风啊！宽容地收留了喃喃的语句
在清透的月光下
轻轻落下
扯出一声叹息

风狂雨急

乌云翻滚
仿佛遮盖了我的眼睛

天空的泪水
犹如万箭齐发
杀向屋顶

淋湿的风与弹跳的水珠
每一根、每一粒在加深
方向不同的脚印

夜醉人醒

小路紧挨着鞋底
奔波的风与我同行

萧瑟的心事
勾兑着窗外一帘清风
安顿猜不透的雨

请不要开口
请竖起耳朵
同伤感的符号一同熄灭
慰藉的目光侵吞了秘密
整个黑色的天空被声音撕碎

扳着指头

落日西沉
暮色笼罩头顶

望着半轮淡月
邻里鸡犬相闻

汗水捍卫着日子
衣裤上的尘土酿造出
酸甜苦辣勾兑着锅碗瓢盆
人间烟火　啊！
饮不尽

桌子上一碟春风
忘记了艰辛
为了一碗烟火
不是妥协而是搏命前行

锤　炼

风伙同着寒气
带着充满暴力的雨
像削皮的飞刀
从山谷原野的骨缝而入

愤怒的雷
催促怀孕的大地
经脉饱受磨难
有了青涩与老练的搭配

短 暂

司空见惯的日月
被血液滚烫过后
凝固成一生的痴念
刹那的多情
是一种优雅的萌灭

滚滚的云彩
以舒缓的笔法描绘
千奇百态的故事
生命的驿站
挣扎地演绎与反刍着

紧握双拳的手
空荡荡的目光随
落下的雨点
给予低头的时候想到这些
褪尽枯叶的枝丫
与老藤佝偻相似
落下的叶子
回归寂静的泥土

农　民

像朝霞一样的铁
在锤子下
血浆喷射
纷飞出一生的幸福

当当梆邦
雕琢出一具具
寻找家园的胴体

锋利的刀口
意气风发地亲吻泥土
双手自然越握越紧
翻开了祖祖辈辈的痕迹

清　秋

夜慢悠悠
吞噬了窗外的热闹
一种病偷偷摸摸爬上心头

虫鸣不让巷子入睡
灌满了凌乱的青丝醉成一种清愁

当思念爱上思念
烛影里摇曳着一份相思
风的笑意
真正懂得内心的一切

迟　钝

命运是一封地址不详
盖上邮戳寄出去的信
像骏马四处奔跑
嘶叫着辗转天涯

来来去去的担子
不让时光抬头
头顶上的美誉埋着坎坷

凉风飕飕
摸摸失去养分的皮肤
一浪浪紧连着牵挂

不饶人的阳光
迎接羞涩的红霞
蹒跚的步伐找到了地址
已是山坡上昨日的黄花

距离感

高傲俯视的鹰
我并不羡慕
单纯的气势激昂
却从未品尝过深待闺房
有一种无物的旋律

生命是一场体验
仰望会让人陷入一种陌生
不要望穿秋水的眷念
只要一片风填满空空的心

生活是一片云
飘逸在空中汇集
发芽的醇香美酒
偶尔卷起了微微波澜
此刻，我会睁大眼睛

顺势而生

黄昏
天很近
总想拽住一片云

夜深
活跃的秘密
抵抗寒衾难眠

无数次在问
蠕动的灵魂
掉入苍茫的山脉
绿了又黄，黄了又绿

在明明暗暗
攀爬中恍然大悟
一切皆是注定
于是将甘苦视为礼品

菊　语

秋风起
灯迷离
一片多情独盈枝

夜凉饮露
月自矜持
身后往事有谁知

轻香断肠
细雨熟悉
一帘闲风酒相随

伤心举杯
欢喜举杯
霜寒无奈被花欺

一如往昔

怀着一种饥饿
鸟声带着忧虑
在旋涡里挣扎
乌云叛变了白云
不堪重负的天
从裂缝中渗漏
一股清冷的水
痴痴地弥漫着忧伤
我一如往昔

端着碗，举起杯
不管用什么方式
失控的灵魂飞过了大海
将躯壳卖给了山川
熟悉了霜霜雪雪
叫声迁徙南去
我一往如昔

鸟窥视着
锈迹斑斑的草地
不要紧

用华丽的外表

笨拙地学着鸟叫

舌头可以自由伸展

生活仿佛没有苦味

我一往如昔

黑夜掩盖住眼睛

或者并未想清楚

或者不理解鸟鸣的心曲

喜欢受到伤害

习惯了伤害

不要紧

也许炼成了铜皮铁骨

我一往如昔

桂花的故事

门前的桂花树
挂着小花在枝叶间眨眼
绵延的幽香入骨侵肺

树显得斑驳陆离
花依旧盛开
蕴意的手指轻轻触摸
有一种万般的激情在奔袭

一泓清水的眼眸
说不出初见的模样
只记得某年某月某日
被一缕缕馨香粉饰

秋风熟了
常常独坐树下
驰骋的背影撬开了黑夜
笑颜的黎明
随着流水一样的脚步
步步洋溢出盎然生机

步不停歇
成烟的往事填满了梦
在梦里花开花落

甜风路过
徜徉出当年的盈盈笑语
沐浴在春风里
朱颜渐渐地老去

如痴的花季
留下了痕迹
忽然飘下一朵小花
花的心事一览无遗

春风化雨

风万种风情
一次次
推送鱼鳞般的星光
进进退退

春水眷恋着杨柳
眼睛驻足在路上

羞涩的斜阳
是天空的执念
一道温润的背影
无意中染上一身暖意

月　光

太阳睡了
月光在心中穿行
整个春天
渗透了胸腔
靠近最近的距离
凝视
就这样
活生生把我融化

春 天

兴奋的季节
浪漫了蜂蝶
浩浩荡荡的风雨
振奋了犁耙
诗与牛的邂逅
将漫步在田野
焕发出新的青春
在微醺阳光里
每一粒种子长出希望

乡　愁

风总是那么轻
轻轻地将我撞伤
任意剥开
一层又一层的念想

骨子里的小曲
镂刻的胎记
诉说着今天明日

来不及卸下肩上的风尘
苍老而芳香的泥土
带着一声声问候
在微凉的风中捎走

一张一合的心窗在翻阅
怀揣的梦勾引踟蹰的脚步
一次又一次地背弃了自己

开　悟

挣扎的血液
撕心裂肺地流过
一条条沟
一道道坎
一道道弯
执着的追求
炙烤着身躯
跋涉的汗水
在困顿的夕阳下
惊呼……

乡 愁

枕着异城入眠
掩饰不住浮想
茕茕孑立的倒影
幻想璀璨灯光是远方

萧瑟带着我
隐藏于人流如织之中
躲避虚伪的白天
又惧怕白天醒着的梦

门缝而入的风
轻轻拍打过剩的激情
带着不可抗拒的记忆
与刻骨铭心的唯愿涌上心头
一声声汽笛声随风而来
又一次次吹胖了行囊

无　题

风拖住脚步
仰望晶莹的梦
某个节点的纬度
领悟滚烫的春秋

没有呐喊
燃起了火种
并不神秘
在深渊的尘世中
饱含温情地回望
长长的路

风和我合唱
磨穿鞋底是弯弯的路
悸动的眸光
修补心生的向往
月光紧紧地拴住
沉醉今夜的小巷

旭　日

仰视朝阳

穿过生命的全部

丰盛的心像流水

奔向远方

紧贴浩瀚的光浪

横跨一道道梁

构造一个辉煌的殿堂

秋　夜

呢喃夜
心发酵
不经意地仰望
冰冷的月光

苦恼的风
像把刀
切开酿造的愤怒

咆哮着伤感
啜饮着柔软的露珠

秋　风

枝头驮着季节
风在唱歌
诱人的翅膀
踩出了同样的节奏

想大喊一声
脚步已懂得寂寞
眼眶里落下的露水
点燃了熊熊的烈火

虚弱的蝉鸣声
在最深的角落
热情的阳光
渐渐地低下了头
袅袅的炊烟
吹瘦了月光挂在窗口

茶　道

茶的禅意

没有钟声

不用诵读经文

轻轻地端起

缓缓地放下

香雾袅袅

已将闲愁摁倒

菩提心在壶里

流淌出般若

浸染了甘醇与苦涩

因果的轮回

是采摘一次

完成一次修行

简单便是顿悟

心若莲花便有舍利子

还有什么不可以

牛与我

浑厚的夜
牛在反刍

我也不能安睡
咀嚼着内心的喧嚣

牛的嘴唇
触摸到我
不经意地
寻到了轮回的路

木 鱼

摇晃的影
是灯
诵经的人
是佛
安静无声
菩萨

过客非客
云烟
花妍枯荣
莫问
有无之间
一念

尘灯不灭
行者
时光不停
当下
咀嚼生死
一瞬

鸟　飞

天空蔚蓝

鸟展开生命的翅膀

尝试各种的姿势

飞越某个高度

波澜的血液

碰撞着蓬勃的心跳

激起了涟漪

圈圈在四季中交替

铁一般的双臂撒开网

单独捞起荡漾的春水

生活的歌

门窗闭目
一个人对墙而坐
独自触摸着寂寞
品尝到了人间的苦涩

酸甜苦辣的岁月
一次又一次被黑夜淹没
一次又一次被清晨复活

送走朝阳
驮着日落
春天总扛在肩头
迎着希望短短长长

乡　思

鸡鸣犬吠
风中邻里相闻
宁静的夜晚反刍
哞哞声成为挥之不去的记忆

今生的书籍
以耕田作地为封面
撸起袖子
将犁耙扁担揽入心怀
卷起裤腿弯下腰
梳妆打扮着泥土

嘿！嘿！
唤牛使劲的喊声
回荡在山沟田野
托起五谷丰登的梦

悲 秋

醉酒的风
吵吵嚷嚷
拍打得门窗摇摇晃晃

蒲公英尽饮炎凉
带着远方去流浪
掩埋了记忆
一生走在没有尽头的路上

夜 风

月光
藏着思念

船
载满了星光

心
呼喊双桨

小溪流动
血液奔腾

煮熟的夜
听被花璀璨的风

落　叶

无情的风
扯落一片叶子
铺满了艰辛的路

飘下的叶子
如同游荡的灵魂
回归苍老的泥土

唯独迁徙的鸟
带上风中残留的温度

秋　思

雨洗净了天空
月光沏着一壶茶
屋檐下的俗尘
迎接卷着裤腿的风

粗犷的山
望着峥嵘的炊烟
山峦眷恋着灯火

大雁成一片落叶
对她作一次离别
心锁带刺你没看见

渴 望

蚂蚁忙碌
细雨如刀
怎么也切不断
燃起的线索

苏醒的阳光
洗着青苔
咩咩的羊低着头

解开绳子的牛
哞哞叫声从山坳传来
蝴蝶兀自寻欢
用新鲜的指纹在祷告
留下痴迷逆着风

今夜
话在筑巢
浸染了不知疲倦的热血
巷子里堆满诺言
牵引着一轮满月
羸弱的星星

围绕着影子细胞涌生

有一颗星宿坠入人间

名字换了位置

夕阳西下

残湖颤舞

一个转身

终结……

完成了一次旅程

一抔土覆盖了名字

灵魂嵌入石头

活在

活人的骨子里

生　活

无眠的月光
与袅袅的杨柳相望
浪漫的风
每一次裹挟着五味飘过心房

星星散去
凝望着草尖上的露珠
镌刻着儿女情长

饱含风霜的手
在厚实的土地上书写
在脆软的雨中
遐想灿烂的星光

汇集的溪流
坚守着往低流的心性
火红的旭日照耀
人往高处走的定律
磨砺出生命的倔强

春天因你而起

风磨砺着石头
肥硕的日头翻炒着土地

当春日到来
灵魂的洗礼
馈赠出无法抹去的生机

岁月的凝练
每一个欣喜
因为你

太阳、月光
与我无关
与我有染的只有春雨
梦想因你而起，而飞
我从裂缝中张开了双臂
在深深呼吸

夜　幕

黄昏
容下厚实
从前那样
清空了一切
像个无知少女

喜欢这样
眼角保持着好奇
依旧数着数字
倾听着流星曲

月光慢慢生长
背影慢慢迁徙
记忆的眼光搜索着天空
风从从容容
醉了你的嘴唇

岁 月

脸上
多了几道岁月
皱纹书写着泥泞不堪的腿

蓬勃的泥土
唤醒祖辈的足迹

变迁的风雨
淌过数不清的沟壑
沉淀同样的历史
烟火演绎着
背脊不怕被阳光锈蚀

无法预测

变幻不定的风
追着脚步

似风一样的命运
无法假设

风钻进缝里
你依然年复一年
倾听泥土悲壮的方言

正因为
今天的前头总是明日
所以，手臂在坚持
正因为
无法预测宿命
所以，你没有动摇
燃烧的岁月
让生命认真去思考
前行，还是诀别

夜 空

憔悴的月光
宽容了羞涩
与风宿醉

遥望星星
遐想着今夜
陪我
诉说天空的广阔

取一片心事
蘸上日出日落

等　你

经文入心
字字如莲
任时光慌乱

今生辗转
手捧诺言
虔诚的额头伏地
与钟声混合

只想告诉你
我将舍弃所有
买断尘世的孤单

将痛掩埋
茫茫人海
五百年不长
只要许我一刻前缘

搏　斗

半生云水
一副柔肠

不甘宿命
辗转得像风一样

阔绰的脚步
与钢铁般的姿势
源于
一个梦想

夜在问我

厚重的夜
收藏了喧闹
唯独睁大眼睛

疲惫的门窗
眺望着大街一角
寻找一段往事

似乎
飘落在墙外的落叶悲伤
却未曾说出
月光下面的身影

一次一次在质疑
心的棱角是否已被磨平

舞者（二）

如风如诗
春意在飘逸

清纯云里穿梭
盈盈的神姿
柔润了多情的世界

染了花香的风
燃烧得像火一样
一片绿叶
C 大调独特构成
一只蜜蜂不远万里
只有它知道
你的期许

收起黑色

再见吧
模糊不清的梦

别再摇晃了
因为正在衰老
才从缝隙中生长

深邃的温柔啊
腐蚀了美酒
看看吧，看看
春水也被鲜血染红
摇曳的篝火
勾勒出飘忽的归途

隐匿起澎湃
拿起刀锋的痛楚
刺破夜
砍下干枯的岁月
浴火描白灵与肉

初　遇

粗糙的初遇
闪烁着贫瘠的眼眸
打开了运行的时光
与独行的密码

躲在夜的一角
翻出你的模样
连绵不绝的魔性
一闪一闪

遐想多情的今夜
远亦不远的远方

风　声

夕阳追着牧姑娘
将月光挂在树上

心思钉进风里
故事在心头敲响
心疼的波澜
让湖水荡漾

她才懂得
奔腾的河流是为自己
不断呼唤远方

呼呼的响声
每一缕正在打开心窗
天空宽广
散发出密密匝匝的温柔
还有你的体香

黑　夜

阳光睡了
我睁开猫的眼睛

渴望在半空纠缠
寻找着光明

发酵的心
硬生生将肥胖的黑夜
煮成人间仙境

南 飞

天空的胸膛
沾满了烟火

熟透的语调
雁把他留在枝头

瘦树随风摇动的手
代替了泪水
瑟缩的脑袋眺望着远方

翻开另一面

怎么样
换一张脸谱
一场游戏提前结束
自己成为观众

卸下装置
将欲望打包
将过去解肢
统统化作子虚乌有

让汗水
变成盐
浇灌失去痛感的心

让灵魂流浪在山头
发出一点点碎光
无须再谈论现在和将来

总使轮回
只剩下的名字

也属于过去

属于土地的丰盈

生　活

变换着角色
轮着喝
酸甜苦辣

从农村到城市
谁在乎谁
回望走过的路
猛然知觉
人生如同一杯白开水

梦　里

影子离开
夜空心

风呢喃
僵硬地穿过目光
背景被遮挡
假装不负流年
咀嚼着黄连
安慰是善意的假装

小路摸爬滚打
演绎着春夏秋冬
并未怀疑
伫立窗前的桃花
喜欢你的窥望

披上一身月光
再后来，小桥　雨巷
笑着，笑着走出了梦乡

乡　愁

夜色
掩盖了村庄
无意的风
喊醒了梦
醒来的童谣
谁听得懂

树上的小鸟
隔着窗
啁啾喊痛
模仿着吟声
模糊了双眼
顷刻奔向远方

向风鞠躬
风里头
有我的名字
心在天空
人在诗中

入 围

柔情少女

在花前月下

有一份雪白的恋情

演绎同样的故事

步入红地毯的春夜

一夜新娘

便老去

秋 雨

沉思的烟斗
翻阅着旧事

狂放不羁的风
沾满了手

雷电撒下的誓言
盘踞在眉宇之间

刹那间
雨声的颜色
润泽着心田
落下了温暖

约　定

步履轻盈
听到了
花开的声音

不会迷路的呼唤
五百年的约定

敞开了心扉
飞吧，翅膀
五百年不长
让你静静地聆听

锋芒似火
在烈火中苏醒
喜欢这样
只有这样
眸子才会点亮繁星

携带着光芒
奔驰在路上

卸下包袱的脚步

清风阵阵

传来悦耳的风铃

那是你

敲开我心灵之门

轮　回

风板着面孔
携着霸道
与万物对峙
仗着不减的时光
演绎一如既往的剧情
即便如此

山下的路起舞
成仙的蜜蜂走了
唯独时光蓄满往事
谁在回眸柔软的日月轮回

回不去的天空

缓缓流淌的琴江
穿过了我的胸膛
村外的山路
抬眼望着隐秘的心事

忽明忽暗的轮廓
昭示我再次回来
却不见渴望的云彩

疲倦的黄昏
十分失落
丁香的愁结已经变老

天边飘下纯正的山歌
风中有一种特有母性的气息
撑着最后一片暮色
回家

夜　幕

老去的路侵吞了夕阳
横行的情绪
却挡不住酒杯的劫持

夜色将我禁闭
奔腾的心
把我推得醒来醉去

窗的翅膀翕动着
模仿着夜莺的欢歌
瞳孔磨掉了昨晚的凋零

前　行

年近花甲
雄心万丈
试图跳出日月的蚕食
岁月维护皱纹的生长

风中起舞的白发
那不是在抗议
是在描述着辉煌
晚霞的红晕
依旧像一轮朝阳

猪八戒

八戒成佛后死了
谁是凶手

是人

是人杀死的
不同的人
用不同的武器

不对

八戒是累死的
不同的人
提出不同的要求

凶手还是人！

月亮的心思

尘封的记忆
又被夜掰开
背脊将生活涉密

透明的汗水
淹不过黄土
日渐衰老的路
演绎着今夜与明日

今夜的月光
留给自己
不能成为永恒
也无法临摹过去的场景

眼　睛

黝黑的眼睛
深邃
深邃得像黑夜一样

黑夜装饰了星光明月
星月装饰了千言万语
梦喝醉了酒
酒醉了心
瞬间，满天星辉

戴着面具

天黑
一个人在家
不开灯
让门窗闭目
我默默地站着

并不是省钱
而是翻出脑袋里的东西
此时，可以自言自语
可以与黑暗对话
彼此看不到脸
假话、大话、黑心话
都无所畏惧
还可以浪漫地欣赏自己的心跳
让熟悉的房间认不出自己
黑暗中还戴着面具

莲　语

沐浴莲池

将灵魂洗净

回首往昔

痴心触摸到了深邃

咯咯的声音

熏染着迷悟

从容的姿势

放下

不以晨钟暮鼓的方式

酿成一个彼岸的渡口

活得心安便是圆满

夏　荷

蜻蜓戏水
水面漾开涟漪
层层细浪似我的脉搏

嘴里跳出
杨万里的《暮热游荷池上》
荷花入暮忧愁热
低面深藏碧伞中
我是一只蝉
被阳光的热情唤醒

携美好时光
用清脆的喉咙
清点装满星光的行囊

水里的倒影
被一缕清风吹皱
想起李白的《采莲曲》
若耶溪边采莲女
笑隔荷花共人语……
荷香远溢

在春水的尽头

风袭来

一池子装满了心事

街头艺人

琴声悠扬
丰盈了街头
别害羞
姑娘啊
火焰的曲
奔流在琴弦上
我的心被节拍拉疼
楚楚的青春
与音符的碰撞
每一个韵律都是诗

风在吆喝

背脊背着山脊
仿佛听到远古的风在吆喝
踏过了刀耕火种
幕天席地锻造了坚韧柔情

撩风拨雾摇旗呐喊
铲平一路颠簸崎岖
皎皎明月日日如新
痴心不改
苍穹之下撕碎一切恶意

暖暖地聆听春风的喘息
望天之高地之厚
憧憬追赶轮换的四季

长江浩荡奔腾不息
孕育着中华大地的蓬勃
与延绵不绝的鼎盛

方块之间，万川映月

杨 克

　　当深圳诗人周炎中告诉我，他的新诗集《一壶月光》即将面世时，我颇为惊讶。因为就在年初，他的诗集《无雪的日子》正是邀我作序。如果说第一次结集是多年积累，碰巧遭逢疫情，出版拖延了些许日子；那么，不到一年内新作再次结集，必然出于不可抑制的写作和分享欲望。在诗歌的必要性和可能性遭遇质疑的 2020 年，在看似物质极度丰盛、信息超载溢出的年代，原本无比和谐稳定的生存世界在一种微生物的冲击与挑战下，刹那间脱去华丽外表，显出相当匮乏而贫瘠的内里。在大世界和小天地都出现危机的年代，为什么还有诗人甘于在案牍尺幅里笔耕不辍？炎中孜孜不倦在新一部诗集的近 160 首作品里，反复咏唱着他念念不忘的乡土、青春、生活、亲友和梦想，或许诗就是对人心灵的拯救，就是对全球疫情冲击下人的精神的抚慰，昭示世界永远有更为美好明亮的一面。

　　而一个作家，在我看来不是身份，不是职业，他唯一的标签就是"写"，像水龙头，哗哗流个不停。故而不停地写，是诗人的本分。

　　可炎中一年内为什么能出两本诗集，这不是一个轻易就能得到答案的问题。于是我转为先从他的诗篇和题目格外钟情的"月光"入手，尝试探索他的心灵世界。正如

《不会游泳的鱼》所写，"鱼的心事埋在水里/月亮的心事藏在我心里/月，挂在枝头伤心/鱼，游入浅滩愁眉"。炎中的品性温厚敦和、内敛腼腆，偏好婉约细腻的月色本来再简单不过。然而更为重要的是，月亮意象在传统美学和哲学里无可替代的重要地位。作为农耕文明的中华文化，对于最为重要的天体——太阳和月亮——本该给予相同重视，然而，也许因为太阳具有的宗教性、政治性、史诗性、公共性太多，留给诗人的个体性、抒情性、心灵性、内在性的发挥余地太少，故而古往今来的文人墨客更偏好为月亮创作并留下了无数优美深沉的诗词歌赋、琴棋书画作品。夜幕深沉神秘，月亮含蓄而皎洁，任由凡人的浪漫与想象飞翔，千百年间沉淀为中国人独有的审美感知和思想表达方式。"床前明月光，疑是地上霜"，古典诗词对月光的痴迷往往是思乡情愫的投射，继而是思故人、思往事的寄寓，炎中也近乎如此。"憔悴的月光/宽容了羞涩/与风宿醉//遥望星星/退想着今夜/陪我/诉说天空的广阔//取一片心事/蘸上日出日落"（《夜空》），"夜甜/蛙鸣/荷塘月皱//萤火虫/叩开远方/燃烧着体温//心扉跨过月色/手指绕开青涩/把莲拥抱"（《夜曲》），诗中情态各异的月亮，正是对故乡、青春、亲友的眷恋，游子漂泊他方的孤独惆怅缠绵悱恻，哀而不伤。"今人不见古时月，今月曾经照古人""人有悲欢离合，月有阴晴圆缺"，月亮也为唐诗宋词表述生命短暂、运道无常提供了绝佳素材。

炎中本就是客家人。作为新客家居深圳特区数十年，炎中较之古代士人游历、迁徙、流放，拥有更剧烈的城乡变迁时代背景，也见识过更繁复的官场浮沉、商场风云，感受过更丰富细腻的心灵喧哗与骚动，对于生命和生活的宁静致远，也有着属于当代、属于他自己的困顿和求解。"尘封的记忆/又被夜掰开/背脊将生活浸密//透明的汗水/淹不过黄土/日渐衰老的路/演绎着今夜与明日//今夜的月光/留给自己/不能成为永恒/也无法临摹过去的场景"（《月亮的心思》）。宁静而永恒的月亮，一直是个体与历史、生命和宇宙联系的精神纽带，感召着他们脚踏大地，仰望星空，发出生存之"天问"。不过，炎中对乡村田园的向往和赞美，不是为了返古怀旧，而是抚慰当下，勉励未来。"落日西沉/暮色笼罩头顶/望着半轮淡月/邻里鸡犬相闻……桌子上一碟春风/忘记了艰辛/为了一碗烟火/不是妥协而是搏命前行"（《扳着指头》），"无眠的月光/与袅袅的杨柳相望/浪漫的风/每一次裹挟着五味飘过心房……火红的旭日照耀/人往高处走的定律/磨砺出生命的倔强"（《生活》），"太阳睡了/月光在心中穿行/整个春天/渗透了胸膛/靠近最近的距离/凝视/就这样/活生生把我融化"（《月光》）。月亮使人涵养出阔达、超旷心境，而当他将目光从夜色和月光，转向白昼、山川、大地，思想和文字在天地、历史与现实之间穿梭，也就惊鸿一般地显示出日月同辉，刚柔并济的精神品格。"背脊背着山脊/仿佛听到远古的风在吆喝/踏过了刀耕火种/幕天席地锻造了坚韧柔情……望天之高地之厚/憧憬追赶轮换的四季//长江浩荡奔腾不息/孕育着中华大地的蓬勃/与延绵不绝的鼎盛"（《风在吆喝》）。我最近曾提出当代诗歌写作"新要涵古，旧要纳新"的主张，跟炎中《平仄与新韵》里的诗歌理念有相近之处，"睿智的新韵带着方圆大气/衣袂飘飘撕扯着古代文豪/一样的相思不用平仄对仗/信手拈来的风情更为浓烈/自由的吟唱乃一母同胞/敢断言，卞之琳的《断章》/成为千古绝唱/如若不信且读余光中的《乡愁》/减去平仄字字触骨惆怅"。当然我主张艺术上需更有现代性，当代诗人应延续无数前辈对生老病死、悲欢离合、渔樵耕读的民间歌咏传统，将当下际遇见闻乃至日新月异的社会万象加以再现和转化，以个人化诗意完成崭新升华。汉语诗歌，短至五七却曲径通幽；原型意象为人熟稔，却从古至今书之不尽每有新意、千人千篇各尽其妙。

从炎中喜爱的月亮，我不期然想起南宋理学大儒朱熹"月映万川"的妙喻，这揭示出诗与大千世界的本质关系。月是客观世界，是完美原型，是宇宙本体的象征，肉体的人永远可望而不可即，如陆机所谓"照之有余辉，揽之不盈手"，必须寻找恰当的中介、载体。而水无定势，随高低、远近、深浅的千变万化，映照出本体之月的无数景象、碎片。诗歌也正是灵魂之水，本质纯粹，同源同归，却形态样式千变万化，永无穷竭，是人对生存世界的认知和再创造的倒影、载体和容器。前段时间，我有幸出席诗词大家叶嘉莹先生的电影纪录片《掬水月在手》的赏析交流活动，该题名的意象就妙不可言，从诗句"掬水月在手，弄花香满衣"到佛教意象"水月观音"，印证着素不相识的诗人之间灵犀相通、不谋而合。使我印象深刻的还有影片里叶先生数次引用的王国维《人间词话》中的一句"天以百凶成就一词人",叶嘉莹、王国维、海尔格尔等诗人乃至一切有着哲学心灵的文学家,在遭逢族群文化危机、社会剧变甚至文明撕裂的重大时刻,总是通过诗歌或显或隐地作个体化表述。优秀乃至伟大的诗歌来自个体内心,而能与他者产生普遍共鸣,正源于此。越是动荡时刻,我们越要从更为亘古不变的大自然和悠悠岁月的历史文化中寻求归属甚至信仰。炎中在深圳特区数十年风起云涌、翻天覆地的社会经济发展中,业已形成自己既能入世,又能超脱的修为定力。中国抒情诗歌乃至绘画、书法、音乐、建筑、手工艺等传统艺术,短小晶莹、随意散布,如月印万川,潜藏着"小中见大"的精湛技法和精神智慧。我们不可能倒退回农耕文明时代,但将浸润着浓厚古典风韵的诗歌融入日常生活,内化于心,外化于行,能让我们在泥沙俱下的人山人海中,始终保持心灵的敏锐纯粹,珍惜和追寻生命里宝贵的记忆、梦想、善意和灵性。正如前些天,露易丝·格丽克在 2020 诺贝尔文学奖授奖演讲里提到诗人对读者的期待:"我们这些作家大概都渴望拥有许多读者。然而,有些诗人不会追求在空间意义上抵达众多读者,如同坐满的观众席那样。他们设想中的拥有众多读者是指时间意义上的,是渐次发生的,许多读者在时间流逝中到来,在未来出现,但这些读者总是以某种深刻的方式,单独地到来,一个接一个地出现。"论诗,静水流深,论人,沉稳低调,炎中仕诗合一,在诗坛不事张扬。他"用一滴墨/占领一张纸/画个月亮/星星眨着羞怯的眼睛/写一首诗/占领了心/在你面前跳动/总是那么声情并茂/诉说着人生悲喜/

一页规划未来/一页总结过去"（《笔》），他静静诉说，不图喧闹，只求邂逅知音。读者若有缘得见其诗集，仿如不辞长途徒步的背包客，翻入人迹罕至的深山峻谷，得见与世隔绝绽放的无名野花。借炎中的"一壶月色"，祝愿有缘翻阅这卷情意绵绵的诗册的读者，在清风明月、茶禅一味之中，静观世相，在逐行逐段逐篇的方块字之间，品读浸润其中的见识和真情，窥见生存本源，寻觅生命大自在。

图书在版编目（ＣＩＰ）数据

一壶月光 / 周炎中著.-- 武汉：长江文艺出版社，
2021.3
ISBN 978-7-5702-2046-5

Ⅰ. ①一… Ⅱ. ①周… Ⅲ. ①诗集－中国－当代
Ⅳ. ①I227

中国版本图书馆 CIP 数据核字(2021)第 044436 号

责任编辑：王成晨　　　　　责任校对：毛　娟
封面设计：李　鑫　　　　　责任印制：邱　莉　　王光兴

出版：长江出版传媒　　长江文艺出版社

地址：武汉市雄楚大街 268 号　　　邮编：430070
发行：长江文艺出版社
http://www.cjlap.com
印刷：武汉市籍缘印刷厂

开本：850 毫米×1168 毫米　　1/32　　印张：5.5　　插页：2 页
版次：2021 年 3 月第 1 版　　　　2021 年 3 月第 1 次印刷
行数：2771 行

定价：39.00 元